La nuit des héros

Yann Bernabot a été comédien, mais il a finalement décidé de créer ses propres personnages plutôt que de les jouer sur scène. Aujourd'hui, il écrit des histoires pour la jeunesse, et a déjà publié plusieurs livres chez Bayard.

J.-E. Vermot-Desroches est né à Marseille en 1974. Après des études à l'École supérieure de l'image à Angoulême, il est aujourd'hui auteur et illustrateur de bandes dessinées. Il dessine aussi bien pour les adultes que pour les enfants!

© 2018, Bayard Éditions
© 2014, magazine *J'aime lire*
Tous droits réservés. Reproduction, même partielle, interdite.
Dépôt légal : septembre 2018
ISBN : 978-2-7470-9893-9
Loi 49-956 du 16 juillet 1949 sur les publications destinées à la jeunesse.

Imprimé en France par Pollina - 85929

Yann Bernabot • J.-E. Vermot-Desroches

La nuit des héros

1

C'est la guerre

Marie et Guy sont allongés dans leurs lits. Tous deux épient les bruits de la maison. Depuis vingt bonnes minutes, le silence est total. Ils n'entendent plus que le tic-tac de l'horloge de la cuisine.

– Tout le monde roupille, murmure Marie. On y va.

En silence, ils se lèvent, s'habillent. Marie ouvre la fenêtre, pousse un volet, saute dehors, suivie de Guy, puis elle rabat le volet.

Guy est à la ferme de sa cousine Marie depuis trois jours. Il est arrivé samedi en train, de Rouen, avec ses parents. Il est venu pour la communion de Marie.

Le voyage a été long, fatigant. Ils n'allaient pas loin pourtant, car Marie habite aussi en Normandie, dans le Cotentin.

Mais, en ce début de juin 1944, les Alliés* bombardent les voies ferrées. Les trains circulent donc avec lenteur et prudence. Le moindre voyage dure des heures.

---

* Les Alliés : Pendant la Seconde Guerre mondiale, les soldats de pays alliés combattent l'Allemagne. Ici, il s'agit des Anglais, des Américains et des Canadiens.

La cérémonie religieuse s'est déroulée le dimanche à Sainte-Mère-Église, le village voisin. On y est allé à pied, sous la pluie, par les chemins creux.

Puis on est revenu, toujours sous la pluie, et tout le monde s'est entassé dans la grange pour le repas de fête.

Il y avait bien longtemps que Guy n'avait pas aussi bien mangé. Depuis que la France est occupée par les Allemands, il est difficile de se nourrir correctement, surtout en ville. Dans les campagnes, on se débrouille mieux.

Le lendemain, le lundi, le temps était aussi mauvais que la veille mais Guy voulait quand même aller voir la mer, toute proche.

– Tu rigoles ! a rétorqué Marie. Les Allemands ont construit des blockhaus, ils ont mis des obstacles partout ! Des mines ! Ils ont peur du débarquement.

Guy aime bien sa cousine. Il la trouve marrante. Elle est bavarde comme une pie et dit souvent des gros mots. Elle a deux ans de plus que lui.

– Tu crois que les Alliés vont débarquer ici ? a demandé Guy.

– Tu parles ! Non, ils débarqueront plus haut ! Dans le Nord ! C'est sûr !

Puis Marie a proposé à Guy d'aller poser des collets. Et ils sont partis à travers champs.

– On reviendra cette nuit, a précisé Marie. Avec de la chance, on aura un ou deux lapins. Tu pourras en rapporter un à Rouen.

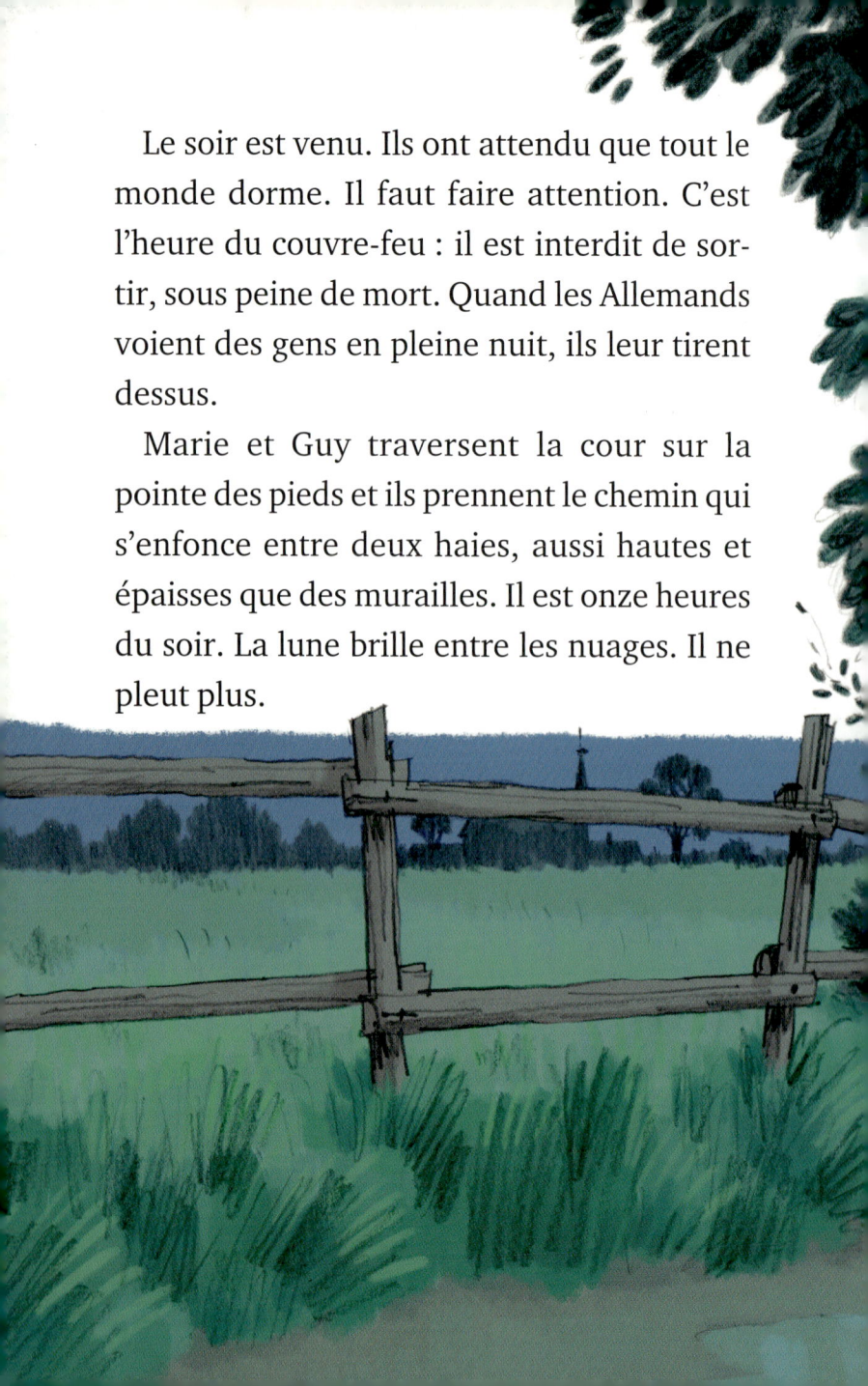

Le soir est venu. Ils ont attendu que tout le monde dorme. Il faut faire attention. C'est l'heure du couvre-feu : il est interdit de sortir, sous peine de mort. Quand les Allemands voient des gens en pleine nuit, ils leur tirent dessus.

Marie et Guy traversent la cour sur la pointe des pieds et ils prennent le chemin qui s'enfonce entre deux haies, aussi hautes et épaisses que des murailles. Il est onze heures du soir. La lune brille entre les nuages. Il ne pleut plus.

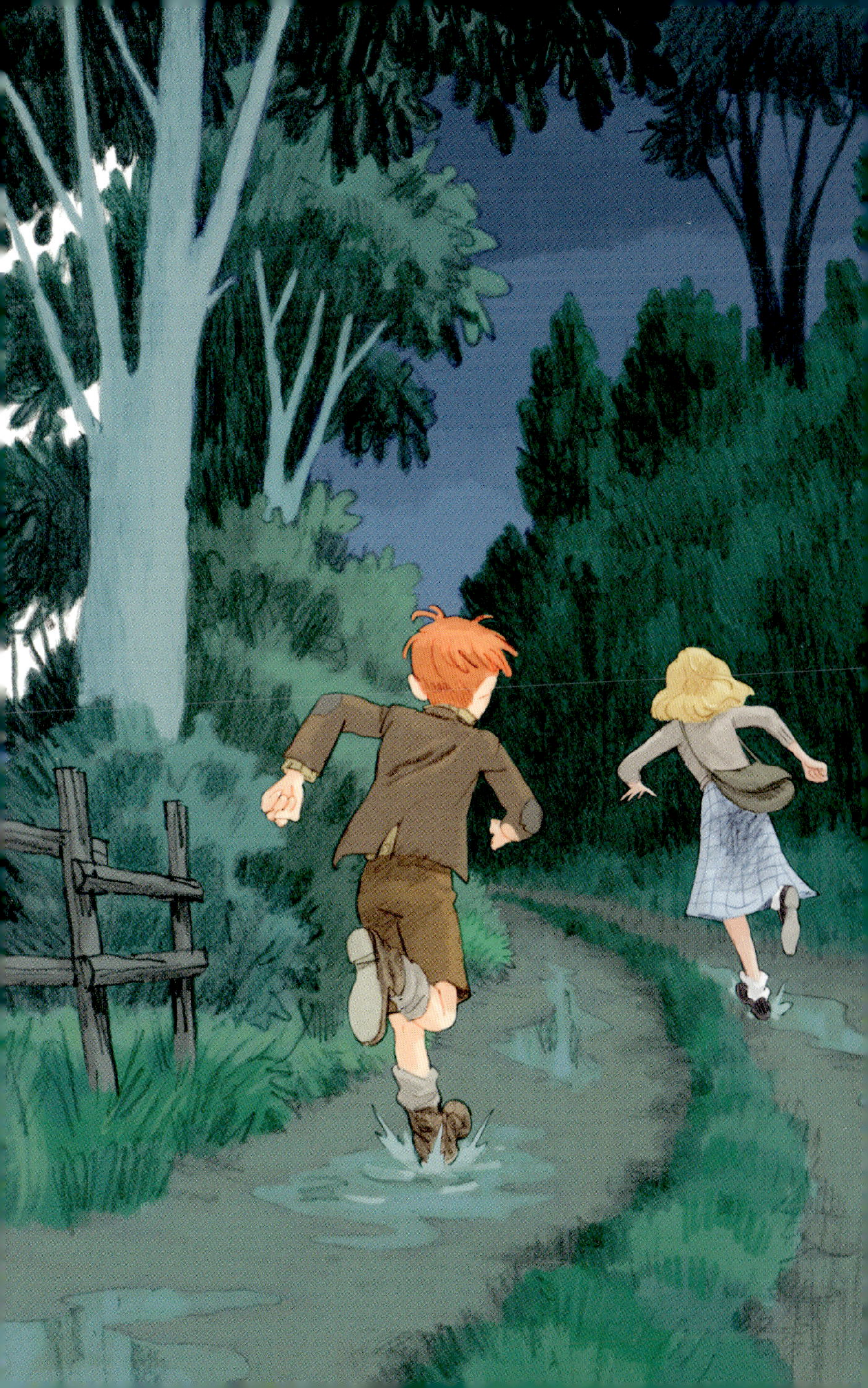

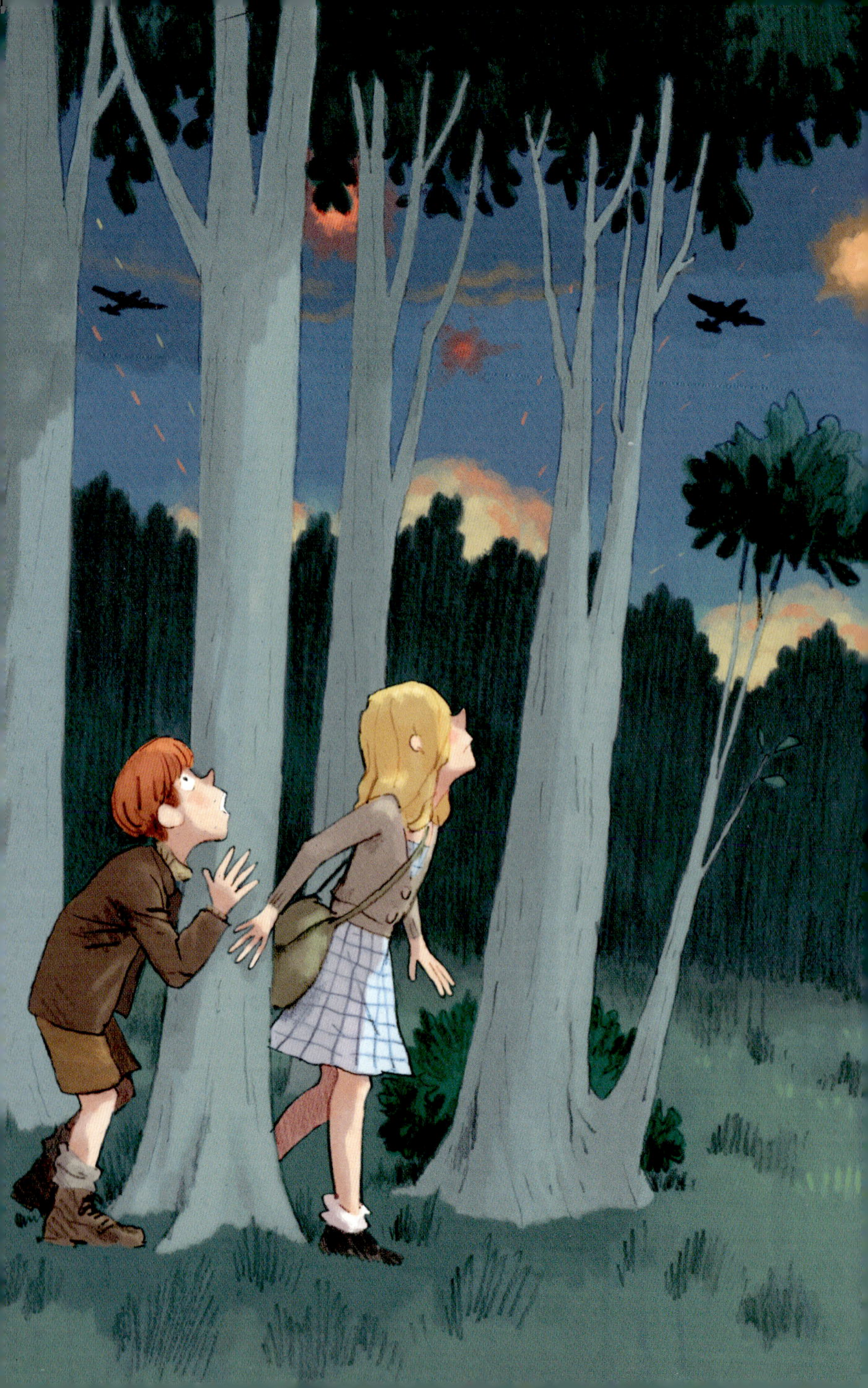

2

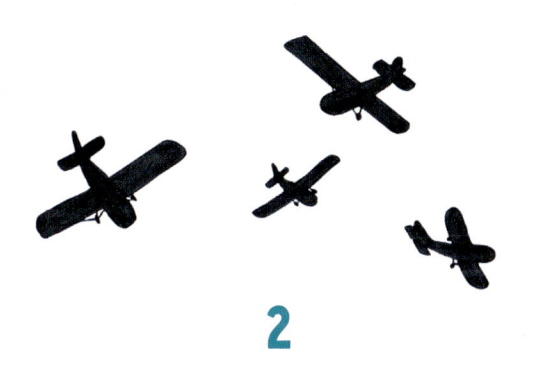

Tombé du ciel

Marie et Guy marchent à peine depuis quelques minutes lorsqu'un vrombissement d'avions se fait entendre. Des explosions illuminent soudain le ciel. Les canons allemands entrent en action.

– Merde, un raid* ! s'exclame Marie. C'est vraiment pas de bol !

Tous deux courent s'abriter à la lisière d'un bois. Au loin, l'horizon s'embrase. Des fusées éclairantes, des balles traçantes zèbrent le ciel de sillons verts, rouges, orange. Cela ressemble au 14 Juillet. Sauf que ce feu d'artifice-là est mortel.

* Un raid : Attaque aérienne.

– Les Alliés…, commente Marie. On dirait qu'ils bombardent Quinéville.

Le bruit des avions s'accentue, ils passent juste au-dessus de leurs têtes et ne doivent pas voler bien haut. La campagne s'éclaire sous le feu des canons allemands. On se croirait soudain en plein jour. Instinctivement, les deux enfants se mettent à plat ventre.

Puis le vrombissement cesse d'un coup, les canons se taisent, et un étrange silence succède au vacarme.

Alors que Guy et Marie se relèvent, ils entendent un léger sifflement venu du ciel. Une masse sombre s'abat alors au-dessus d'eux, dans un terrible craquement de branches.

Effarés, tous deux lèvent la tête. Une silhouette d'homme est suspendue, là, à un arbre, cinq mètres au-dessus du sol. Un parachutiste !

En les apercevant, l'homme pointe son fusil sur eux.

– Tirez pas ! hurle soudain Marie en levant les bras.

– *Quiet* ! réplique le soldat. Silence !

Il se met à gigoter, s'empare d'un long couteau accroché le long de son brodequin et tranche énergiquement les sangles de son parachute. Il tombe brutalement sur le sol.

Le soldat porte une quantité impressionnante de sacs et d'armes. Son visage est sombre, inquiétant. On ne voit que le blanc de ses yeux.

– C'est un Américain, glisse Guy à sa cousine. Il a la peau noire comme Jesse Owens*.

– Mais non ! rétorque Marie. Il s'est barbouillé la figure avec du charbon de bois, pour se camoufler.

* Jesse Owens : Ce champion d'athlétisme américain est le premier sportif noir à être célèbre dans le monde entier. Il a gagné plusieurs médailles aux Jeux olympiques de Berlin (1936).

Marie et Guy regardent cet inconnu tombé du ciel. Cet inconnu mystérieux et redoutable. Et celui-ci les examine à son tour, étonné de trouver deux gamins, ici, en pleine campagne, à cette heure de la nuit.

– Vous êtes vraiment un Américain ? lance joyeusement Marie, sortant de sa surprise.

– Shhh ! murmure le parachutiste. Oui, moi américain soldat, A-mé-ri-cain !

Alors, tout excités, les deux enfants le bombardent de questions :
– Qu'est-ce qui se passe, m'sieur ?
– Qu'est-ce que vous faites là ?
– Votre avion s'est fait descendre ?
– Vous bombardez la côte ?
– C'est le débarquement ? C'est ça ?
– Vous venez nous délivrer des Boches* ?

* Des Boches : Nom insultant donné aux Allemands pendant les deux guerres mondiales.

L'Américain met son doigt sur ses lèvres.

– *Shut it* ! chuchote-t-il. Ferme la bouche !

Le soldat leur fait signe de le suivre et entre dans le bois. Il traîne la jambe. Il a dû se blesser en tombant dans l'arbre.

Il s'agenouille, ouvre une de ses nombreuses musettes, en sort une carte qu'il déplie sur le sol. Avec des précautions infinies, il l'éclaire avec sa lampe torche. Guy remarque un écusson cousu sur la manche du parachutiste. Cela représente un aigle, le bec jaune grand ouvert.

– Montre où je suis sur le carte ?

– On dit *la* carte, m'sieur, corrige Marie.

– Dis-lui plutôt où il est, suggère Guy à sa cousine.

– Ben, il est en France ! En Normandie ! Nor-man-die ! Vous êtes en Nor-man-die, m'sieur !

Le soldat bougonne :

– Oui, je sais, ici, c'est Normandie. *But where exactly* ? Où ?

Marie pointe son doigt sur la carte :

– Ici, m'sieur. Au bois de Marville. Juste là.

L'Américain fait la grimace :

– Je suis mauvais endroit. Je dois aller là : ferme des Trois-Terres, précise-t-il en indiquant un autre point de la carte.

– Je connais ! fait Marie, toute fière. C'est pas très loin. Je peux vous y emmener, m'sieur !

– Il y a Allemands ici ?

– Des Boches ? Non, non. Pas de Boches ici. Ils sont à Sainte-Mère-Église, à cinq kilomètres, précise Marie en écartant tous les doigts d'une main.

– OK, OK.

Il dresse son pouce et se lève :

– Je dois partir. Vous, reste pas là. Trop dangereux. *Go home, quick* ! Chez vous, vite !

Il ouvre un autre sac, tend des barres de chocolat aux gamins, et des chewing-gums. Il en met un dans sa bouche.

– Partir, maintenant ! Vite !

Il sort une boussole et se met en route, en boitillant. Tout son corps fléchit sous le poids de ses sacs.

3

À travers champs

Le soldat américain vient à peine de parcourir une cinquantaine de mètres quand il entend une cavalcade derrière lui. Guy et Marie le rejoignent en courant.

– Non ! Vous deux, partir ! Vite !

Il commence à s'énerver, fait un grand geste du bras, mais il parle toujours tout bas, ce qui est un peu comique.

Marie lui explique :

– Par la route vous allez mettre un temps fou, m'sieur ! Vous êtes blessé, en plus, vous boitez. Et puis, ça peut être dangereux, à cause des Boches. Je connais un raccourci. Par les champs.

L'Américain soupire :

– Tu parles trop vite. Tu dis quoi ?

Marie se met à articuler lentement :

– Moi savoir où passer pour aller à la ferme des Trois-Terres.

– On veut vous aider, m'sieur ! ajoute Guy. Nous aider vous ! dit-il en désignant le soldat.

L'Américain vient de comprendre. Il refuse :

– Non, trop dangereux !

Un bruit de moteur déchire soudain la nuit. Mais il ne vient pas du ciel.

Tous trois se jettent dans le fossé bordant la route, s'y aplatissent de tout leur long.

Deux camions remplis de soldats allemands passent, sans les voir. Puis s'éloignent. Marie, Guy et l'Américain se relèvent. Ce dernier mâchouille nerveusement son chewing-gum.

– Suivez-moi, murmure Marie en lui faisant signe.

Et le soldat obéit.

Ils longent la route sur une bonne centaine de mètres, puis Marie se volatilise d'un coup dans la haie. Là, dans le mur de verdure, il y a une mince ouverture, presque invisible de la route. « Cette gamine est précieuse, se dit l'Américain, elle connaît le pays comme sa poche. »

Ils débouchent dans un champ recouvert de pieux en bois. Ce sont des obstacles que les Allemands ont dressés pour empêcher tout atterrissage allié. On les appelle les « asperges de Rommel », car c'est le maréchal Rommel qui en a eu l'idée.

– On va longer le champ, explique Marie, car il y a peut-être des mines à l'intérieur. *Achtung Minen*!* ajoute-t-elle pour se faire comprendre.

* *Achtung Minen* : « Attention aux mines ! », en allemand.

Elle est tout heureuse de guider ce soldat américain. C'est l'aventure, quoi ! Son cousin Guy est inquiet, lui. Il ferme la marche, s'efforçant de mettre ses pas dans ceux du parachutiste. Il n'y a aucun bruit. Le silence règne partout, effrayant.

Dans quoi s'est-il fourré ? Il était parti pour ramener des lapins et il se retrouve au milieu de mille dangers. Bon sang ! Est-ce bien le débarquement ?

Tout le monde en parle depuis des mois, tout le monde espère ce débarquement allié, cette libération prochaine. Et cela vient peut-être de commencer. Là, ici ! Et il est en train d'y participer, lui, Guy ! Il en aura des choses à raconter aux copains en rentrant à Rouen !

Tous trois passent ainsi d'un champ à l'autre, en traversant des haies, en escaladant des clôtures. Soudain, ils s'immobilisent, puis s'agenouillent. Il y a eu un craquement, derrière un bosquet.

Le soldat pointe son arme tout en sortant d'une poche un petit appareil. Il appuie doucement dessus et un léger clic-clac se fait entendre. C'est un criquet, un jouet. Guy en a eu un comme ça, quand il était petit.

Au bout de quelques secondes, un double clic-clac répond. Et, aussitôt, un second soldat sort de derrière le bosquet. Il a aussi le visage et les mains noircis et il est autant harnaché que son compère.

Tous deux discutent à voix basse.

Au loin, on distingue une longue bâtisse.

— La ferme des Trois-Terres, indique Marie.

Les deux Américains ont atteint leur objectif. Une vaste prairie se déroule devant eux. Et, dans cette prairie, de larges et sombres masses déambulent.

L'un des parachutistes grogne :

— *Damn, cows* !*

* *Damn, cows* : « Merde, des vaches ! », en anglais.

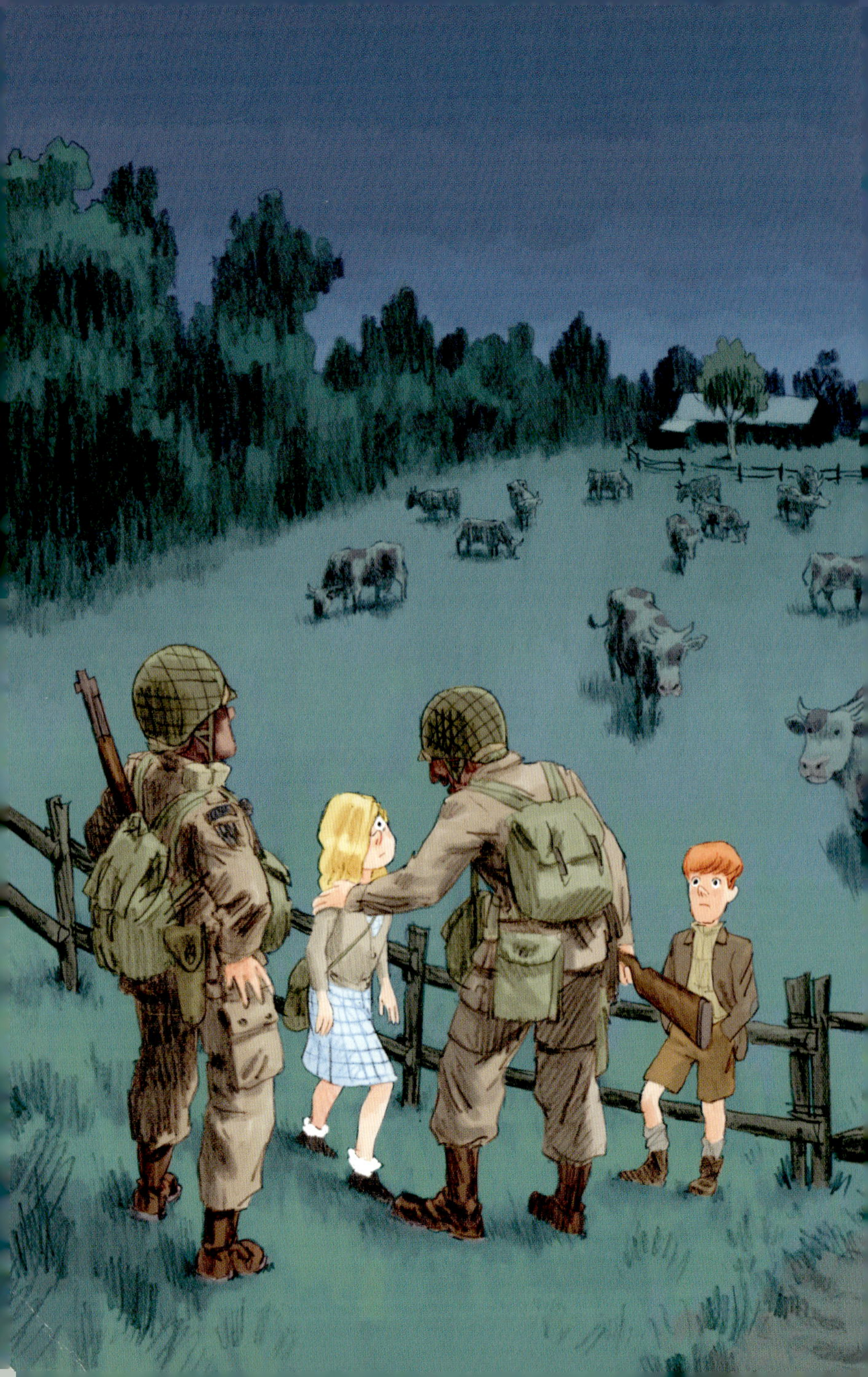

4

Un drôle d'aéroport

Le deuxième Américain s'approche des gosses. Celui-là parle très bien le français :

– Merci, les enfants. Vous êtes super. Mais vous devez partir maintenant. OK ? Mon copain et moi, on va sortir les vaches.

La mission des deux parachutistes est de sécuriser le champ, de vérifier qu'aucun obstacle ne s'y dresse. Mais ils ne se doutaient pas qu'il y aurait des vaches. Ils doivent absolument les faire déguerpir.

Les deux soldats ouvrent la barrière et pénètrent dans le champ. Puis, avec de grands gestes, ils essaient de faire sortir les vaches. Mais celles-ci partent dans toutes les directions sauf celle de la sortie.

— Eh ben, ils sont pas doués, soupire Marie. Ils sont pas de la campagne, c'est sûr ! Viens, Guy, on va leur filer un coup de main !

Elle casse une longue branche d'un taillis et se précipite dans le champ, suivie de son cousin.

En deux minutes, avec quelques coups de baguette sur la croupe des bêtes, Marie rassemble le troupeau et le fait sortir. Les deux soldats lèvent le pouce en signe de remerciement. Puis ils se mettent à trottiner lourdement d'un bout du champ à l'autre. À chaque extrémité, ils déposent une boîte sombre dans l'herbe.

Un vrombissement de moteurs se fait de nouveau entendre dans le ciel. Mais un vrombissement plus puissant, plus assourdissant. Les canons allemands, disséminés dans la campagne normande, se mettent à tonner. Une nouvelle vague d'avions approche. Guy et Marie les distinguent nettement. Il y en a tellement qu'ils semblent remplir le ciel.

Les deux soldats actionnent les boîtes, ce sont des balises. De puissants rayons de lumière s'en échappent, éclairant le champ tout entier.

Des avions s'en approchent alors en décrivant de larges cercles. Ils tournent en silence. Il n'y a que le sifflement de l'air qu'on entend.

– C'est bizarre, ils font pas de bruit ceux-là, remarque Marie.

– Ils n'ont pas de moteur, ce sont des planeurs ! s'exclame Guy. Ils vont se poser !

En effet, les appareils, les uns après les autres, atterrissent dans le champ. À peine se sont-ils immobilisés que les portes s'ouvrent et que des soldats sautent à terre.

Mais un planeur, arrivé trop vite, vient s'encastrer violemment contre une barrière et un autre dépasse l'endroit pour s'écraser plus loin, dans un bois…

Les deux enfants se sont approchés du soldat parlant bien français.

– C'est le débarquement, hein ? C'est bien ça ? demandent-ils, le cœur battant.

– Oui, c'est le débarquement ! Il va avoir lieu ce matin, sur les plages. Nous, on est là pour stopper les renforts allemands.

Autour d'eux, il y a maintenant des centaines de soldats américains qui se regroupent. Et des avions, dans le ciel, défilent encore et encore. Des flots de parachutistes s'en échappent.

C'est le débarquement !

La fin du cauchemar, la fin de la guerre devient soudain une réalité. Guy éclate en sanglots.

– Qu'est-ce que tu as ? demande l'Américain.

– Rien… j'ai rien, m'sieur… je suis heureux, c'est tout !

Il se tourne vers sa cousine Marie et découvre son visage, couvert de larmes. Elle aussi pleure de bonheur.

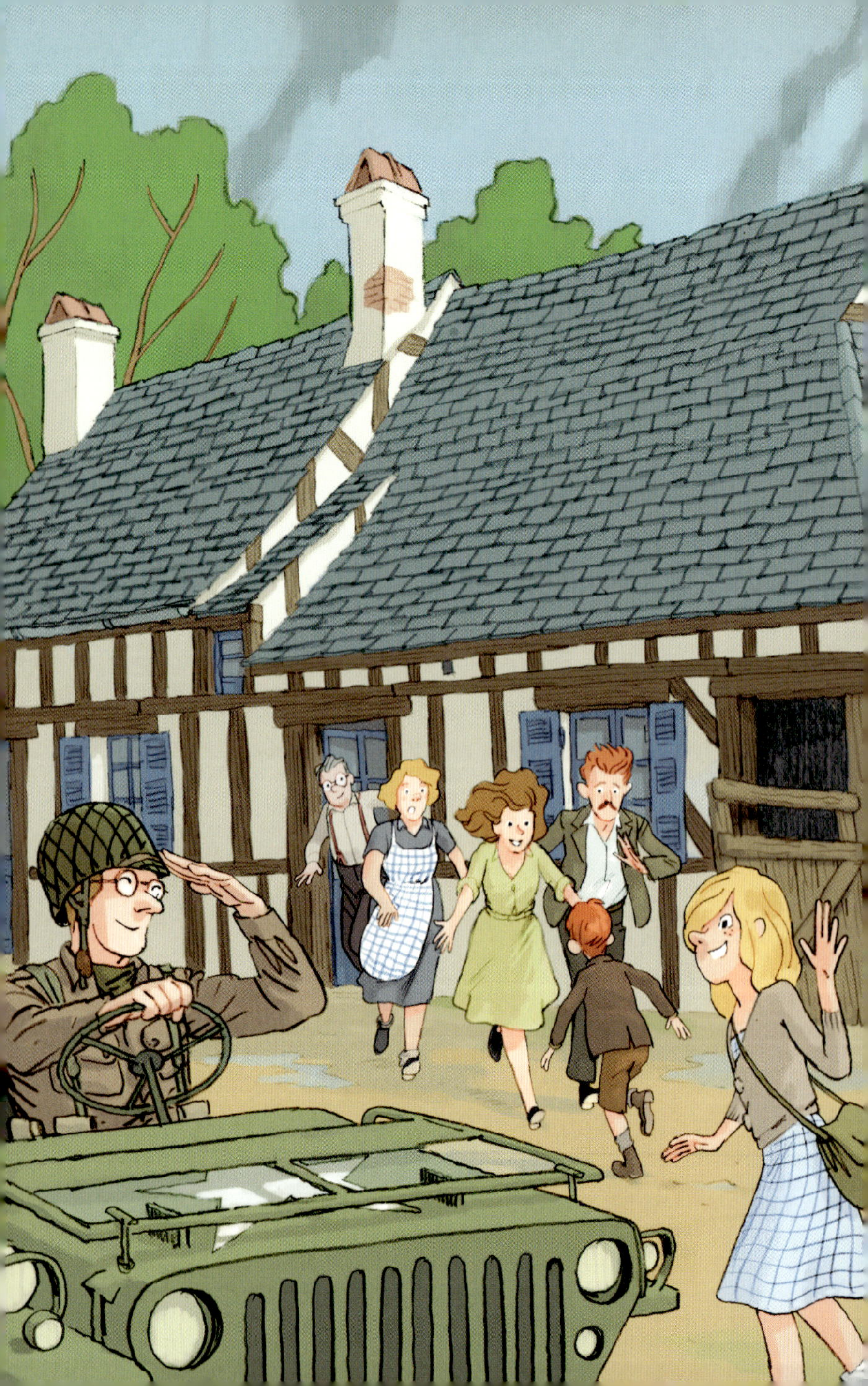

5

Bob et Jim

Le mardi 6 juin, dans la matinée, une jeep déboule dans la cour de la ferme. Guy et Marie en descendent.

Leurs parents, bouleversés, se précipitent :
– Mais où étiez-vous, bon Dieu !

Craignant le pire, ils les ont cherchés partout, au milieu des bombardements et des coups de feu…

Le débarquement a bien eu lieu, à l'aube, sur les plages. Les soldats alliés avancent à l'intérieur des terres.

Guy et Marie racontent leur aventure de la nuit. Leurs parents, trop heureux de les revoir vivants, ne songent même pas à les punir pour cette escapade nocturne.

Dans la cuisine, les deux enfants avalent un copieux petit-déjeuner, histoire de se remettre de leurs émotions.

Guy fourre sa main dans une poche. Et on entend un léger « clic-clac ! ». Marie répond aussitôt : « clic-clac ! clic-clac ! »

Ce sont les criquets des Américains.

Avant de disparaître dans la nuit, les deux soldats les ont donnés à Marie et à Guy. Puis ils leur ont dit leurs prénoms.

L'un s'appelait Bob, l'autre Jim.

Dans la même collection

- Boileau-Narcejac · Anne Simon — **La villa d'en face**
- Nicolas de Hirsching · Guillaume Plantevin — **Les cent mensonges de Vincent**
- Évelyne Reberg · Mérel — **Le mariage de Mémé sorcière**
- Ségolène Valente · Emmanuel Ristord — **Ma copine Vampirette**
- A.-L. Lacassagne · Fred Benaglia — **La bataille des slips**
- Jean Tévélis · Benjamin Bachelier — **Le cross des écoles**
- Nicolas de Hirsching · Claire de Gastold — **Le mot interdit**
- Jean-Marc Ligny · Sébastien Pelon — **L'enfant bleu**
- Marie-Aude Murail · Boiry — **Noël à tous les étages**
- Gwénaëlle Boulet · Aurélie Neyret — **Les trois étoiles**
- Marie-Aude Murail · François Maumont — **L'oncle Giorgio**
- Patricia Berreby · Cécile Carre — **Kazué et le musicien**
- Marie-Aude Murail · Frédéric Joos — **L'espionne**
- Ségolène Valente · Emmanuel Ristord — **Une nuit à Vampire Park**
- Jo Hoestlandt · Clotka — **La maîtresse est amoureuse**
- Nicolas de Hirsching · Églantine Ceulemans — **La sorcière habite au 47**